HEYNE
BÜCHER

W0358986

Das Buch

Du und ich – das ist das Thema dieser Liebes- und Beziehungsgedichte von Jörn Pfennig.

»Das Ich bin durchaus nicht immer ich, und das Du ist auch nicht immer das gleiche ...«, sagt der Autor und gibt dem Leser die Möglichkeit der Selbsterfahrung. Eine Festlegung auf typisch weibliches und männliches Fühlen und Denken ist ihm verdächtig. Und wenn in manchen Gedichten das Du oder Ich eindeutig als Mann oder Frau ausgewiesen ist, darf das als Anregung verstanden werden, sich auch mit der Gefühls- und Gedankenwelt des jeweils anderen Geschlechts auseinanderzusetzen. Dann erst nämlich wird Liebe vollends möglich: Liebe ohne Angst.

Der Autor

Jörn Pfennig, Jahrgang 1944, Jugend in Tübingen, seit 1964 in München. Studium der Theaterwissenschaft. Texte und Kompositionen, öffentliche Auftritte und Schallplattenproduktionen. Autor und Moderator bei verschiedenen Rundfunk- und Fernsehanstalten. Seit 1979 mehrere Buchveröffentlichungen, Lyrik und Prosa. Lebt als freier Schriftsteller und Jazzmusiker in München und Burghausen. Im Wilhelm Heyne Verlag liegt bereits vor: *Grundlos zärtlich.* Gedichte (01/8810).

JÖRN PFENNIG

KEINE ANGST DICH ZU VERLIEREN

Gedichte

WILHELM HEYNE VERLAG
MÜNCHEN

HEYNE ALLGEMEINE REIHE
Nr. 01/8844

9. Auflage

Copyright © 1993 by Autor
und Wilhelm Heyne Verlag GmbH & Co. KG, München
Printed in Germany 2001
Umschlagillustration: Uki Bellmann, München
Umschlaggestaltung: Atelier Ingrid Schütz, München
Satz: Schaber Datentechnik, Wels
Druck und Bindung: Ebner Ulm

ISBN 3-453-07140-9

Jörn Pfennig

© Andrea Seifert

Für alle,
die wissen-glauben-hoffen-fürchten
daß Liebe ohne Angst
erst Liebe ist.

1

DIE NÄHE, DER RAUM ZWISCHEN DIR UND MIR

Liebes-Erklärung

An dich denken
so, wie jetzt:
dich weit weg
lächeln sehn
im Schlaf.
Die Hand durch die Nacht
in dein Haar schicken
und einen Kuß
wie eine Sternschnuppe
durch deinen Traum.
Die Ferne aufrollen
wie eine Schnur
an deren Ende
deine Wärme ist.

Stille

Gewiß, ich werde traurig sein
wenn du gehst.

Es wird Stille sein.

Ich werde dich am Horizont
kleiner werden sehn
bis dich die untergehende Sonne
wegleuchtet
und ohne die Nacht zu brauchen
wieder aufgeht.

Die Stille wird sich
mit Leben füllen
das wieder einmal anders ist
und ich werde dankbar sein
daß es dich gab.

So frei bist du

Du hast mir niemals
Freiheit gegeben.

Du hast mir niemals
Freiheit genommen.

Du hast mir immer
die Freiheit gelassen
die ich hatte.

So frei bist du.

Auferstehung

In deinem Lächeln
ertrinken
an meinem zärtlichen
Gefühl ersticken
und dann
leben!

Manchmal

Manchmal wenn die Seele mir entgleist
manchmal wenn ich traurig bin
manchmal wenn der dünne Faden reißt
an dem die Vernunft hängt
dann kann es passieren
daß ich glaube
ich brauch dich ...

Manchmal wenn kein Lächeln mehr gelingt
manchmal wenn ich einsam bin
manchmal wenn der Horizont verschwimmt
in tausend Gedanken
dann kann es passieren
daß ich glaube
ich brauch dich ...

Manchmal wenn eine Hoffnung sich verliert
manchmal wenn ich ratlos bin
manchmal wenn sich nichts mehr in mir rührt
außer der Sehnsucht
dann darf es passieren
daß ich glaube
ich brauch dich.

Paradox?

Wenn es mich aus deiner Nähe
fort zieht, um mir selbst
- vielleicht auch anderen -
zu begegnen
ohne dich

wenn du mich dann umarmst
mit jenem Verständnis
das nicht als Toleranz
auf nassem Blick
daherschwimmt

wenn dein Kuß
ohne daß du's weißt
mit meiner
Ungeduld
rechnet
und
sich kurz faßt

dann ist sie wieder da
diese Traurigkeit
die nicht lange dauern wird
weil sie es so schön macht
von dir fort zu sein.

Romantik 1

Bin ich romantisch
bloß weil ich
mit dir in einem
Sonnenuntergang
aufgehe?

Bloß weil mir
das Herz klopft
wenn sich
vor flüsterndem Schilf
dein Gesicht
im Wasser spiegelt?

Bloß weil ich
glücklich, traurig
erstaunt
mit dir
im Nachthimmel
verlorengehe?

Oder bin ich romantisch
bloß weil du ein Wort brauchst
um mich dir selbst zu beschreiben?

Romantik 2

Als wir Kinder waren
stürzte unser Blick
den Sternschnuppen hinterher
und unser klopfendes Herz
verrannte sich in einen Wunsch.

Als wir Kinder waren
holten wir uns den Mond
ins Bett und weinten vor Glück
wenn Dornröschen
dem Prinzenkuß erlag.

Als wir Kinder waren
ahnten wir verfrüht
den Geruch von Gebäck
und hatten in den Augen
Weihnachtskerzenschimmer.

Als wir Kinder waren
nannte uns niemand romantisch.
Hatten wir etwa
keine Gefühle?!

Perspektive

Ich habe dich gestern geliebt
ich liebe dich heute.
Ob ich dich morgen lieben werde
darf ich nicht wissen.
Was ich jedoch zu wissen glaube
ist, daß ich es immer
lieben werde zu lieben.

Warum also nicht dich
auch übermorgen?

Weißt du's?

Du
mit dem hellen Lachen
herübergeretteter
Kindlichkeit
mit deinen Worten
die dir von den Lippen
platzen und unversichert
in die Wahrheit
rennen –

Weißt du, wie gut
du mir tust?

Mensch, Mädchen, du fehlst mir

Ich steh auf'm Balkon, der Tag ist träge
er schleppt sich dahin, wo ihn keiner mehr braucht
in den Abend, als ob es an ihm läge
daß er so leer ist und mich so schlaucht.

Die Sonne ist bleich wie ein alter Käse
als wär es ihr schlecht von dem ewigen Smog
der Himmel verweigert sich - kann ich verstehn:
aufs Blau-Sein hat der keinen Bock.

Die Hitze verschlägt mir das Denken
das einzige, was läuft, ist der Schweiß
ich würd' mich am liebsten versenken
in einem Kübel mit Speiseeis.

Die Straße gähnt und glotzt nur blöde
ein Diesel fährt ihr stinkend durchs Gesicht
danach ist wieder alles öde -
ich weiß nicht, irgendwie pack ich's heut nicht

Mensch, Mädchen, du fehlst mir
wird Zeit, daß du wieder auftauchst
Mensch, Mädchen, du fehlst mir
ist ja okay, wenn du mich nicht brauchst -
mir tut's gut, das zu wissen
mir tut's gut, fühl'n zu müssen
Mensch, Mädchen, daß du mir fehlst ...

Schnee von gestern

Meine Gefühle
sind vielleicht
Schnee von gestern
aber so zertreten
sind sie noch nicht
daß ich deine Spuren
nicht deutlich
erkennen kann!

Technisch gesehen

Ich bin ja so dankbar
daß du mit
dauerhaftem Profil
in das rutschige Gelände
unserer Beziehung
gefahren bist –
und nicht bloß
mit runderneuerter
Reife!

Verschärfte Romanze

Jetzt, wo die Sonne kantiger wird
bevor sie in sanften Rebenhängen
zur weichen Landung ansetzt
und ihre Konturen
das Schwimmen lehrt -
jetzt, wo ich meinen Kopf
an deine Brust lege
und die Schmetterlinge
in dir flattern höre -

jetzt wünsche ich mir
doch tatsächlich
ich wäre bis zu
diesem Augenblick
einsam gewesen ...

Keimzelle

Wenn ich an dich denke
ganz plötzlich
inmitten von
tausend Gedanken
hundert Situationen
oder
einem Menschen
und ohne Umweg
zu dieser aufregend
beruhigenden Gewißheit
komme, daß ich dich liebe
dann glaube ich zu wissen
warum es so wenig Frieden gibt
auf dieser Welt.

Vor-Liebe

Meine Lieblingsfarbe
ist Blau.
Wenn ich ein
schönes Grün sehe
kann ich restlos
begeistert sein.

Meine Lieblingsblume
ist die Gerbera.
Schenkt mir jemand
eine Glockenblume
gerate ich vielleicht
ins Schwärmen.

Mein Lieblingswetter
ist der warme Herbststurm.
Wenn mir Schneeflocken
ins Gesicht taumeln
fühle ich mich manchmal
ungeheuer wohl.

Mein Lieblingsmensch
bist du ...

Vom Zusammenziehen

Kannst du dir das
vorstellen:
Wir zwei in der Couch
jeweils ein Kuscheltierchen
auf dem Bauch
vor einer Fernsehserie?

Dallas'n wir's doch lieber!

2

REIN – KÖRPERLICH

Reifeprüfung?

Du botest mir
dein Bett für die Nacht
und in der Ruhe
unserer Vertrautheit
vergaß ich deinen Körper.

Er war da und schön
das war alles und gut.

Zwischen dir und mir
trafen sich
unsere Hände
und hatten keinen Grund
sich auszuweichen.

Was braucht die Zärtlichkeit
große Flächen, wenn eine Hand
so gibt und nimmt wie deine?

Einfach so

Wir haben Erhabenes nicht nötig
wir sind uns vertraut – einfach so
wir müssen keinen Ort bestimmen
wir liegen irgendwo
zwischen dem, was andere Freundschaft
oder auch Liebe nennen –
wir liegen uns oft in den Armen
aus Glück und zum Trost
aus Angst und aus Wut
und manchmal tut es so gut
miteinander zu pennen.

Verfahren

Wenn wir uns darauf
einigen könnten
daß ich deinen Körper
begeisternd
finden darf
und du
meinen Körper
nicht bedrohlich
finden mußt –
wir wären ein Stückchen weiter
in Richtung Paradies.

Selbstbetrug

Du erzählst
von diesem Mann
der dir so heftig
in die Seele
geraten ist.
Erzählst
von seinem Bedürfnis
nach ›sexuellen Spielereien‹
für die du dir zu schade bist.
Hast alle Tränen dieser Welt
in deinen Augen
weil du ihn liebst –
und erzählst nichts
von deinem Bedürfnis
nach Zärtlichkeit ...

Aus einem Urteil des Bundesverwaltungsgerichts vom 22. März 1979

»Eine einseitige Sexualerziehung in emanzipatorischer, repressionsfreier Richtung würde sicherlich die von der Verfassung gezogenen Grenzen überschreiten ...«

Laß uns die Grenzen überschreiten
laß uns einseitig sein
laß uns darüber lachen
daß sie versuchen
unseren Körper, unsere Seele
unsere Liebe zu verwalten.

Laß uns vermeiden
daß unser Lachen höhnisch wird
laß uns daran denken
daß die, die das sagen
auch sich selbst verwalten:
ihren Körper, ihre Seele, ihre Liebe.

Zwischen acht und vier

Pünktlich Anfang Frühling
war ich bei dir
und wäre am liebsten sofort
in deiner Nacktheit
versunken.

Der Sommer ließ
die Worte reifen
und seine Hitze
nahm uns
die Beweglichkeit.

Im Herbst fielen
unsere prallen Blicke
in die Tiefe
und ertranken
im schweren Wein.

Endlich im Winter
nahmst du meine Hand
und führtest uns
in die Lust
die sich im Frühling
so anders
entfaltet hätte.

Aus trübem Himmel

Inmitten all der Oberflächlichkeiten
traf mich unsere Umarmung
so unmittelbar nah
wir standen einfach da
und ließen uns fließen
unendlich weich
unendlich lang –
verdächtig vielleicht
für die, die um uns warn
doch nicht für uns.
Die Vertrautheit löschte die Grenzen
zwischen Unschuld und Lust
und als sich unsere Arme lösten
war es viel zu früh
um nicht die Sehnsucht zu spüren
nach einer kleinen Ewigkeit ...

Mit mir kenn ich mich aus

Fast hätte ich dich
angerufen.

Rechtzeitig habe ich
mir gestanden
daß mir dein Körper
wichtiger war
als du.

Wenn es dir einmal
genauso geht
ruf mich bitte an –
mit mir kenn ich mich aus!

›One-night-stand‹

Wenn dich und mich kein Vorbehalt plagt
wenn sich keiner von uns beiden fragt:
soll ich, muß ich, darf ich überhaupt?
wenn uns keine Moral die Natürlichkeit raubt
und keine Angst vor diesem und jenem
vor Versagen oder vor schlechtem Benehmen
wenn wir ganz einfach tun, was wir wollen
und greifen spontan und gelöst in die vollen
dann wird es ein fröhliches Liebesfest
das uns gar nicht an morgen denken läßt
weil die Zärtlichkeit keinen Unterschied macht
zwischen einer und einer einzigen Nacht!

Halbes Verständnis

Du klagst
über die Schwierigkeiten
die du hast
weil du so hübsch bist.
Weil die Männer
nur deine Schale wollen
und nicht deinen Kern.

Ich versuche dich zu verstehen
aber es gelingt mir nur halb
weil ich voll bin
von Gedanken
an Frauen
die auch einen Kern
besitzen
aber keine solche Schale.

Noch brauchst du Mut ...

Du sagst, du würdest gerne
mit mir schlafen.

Wie sehr mich
diese Ehrlichkeit freut
wie sehr ich mich sehne
daß dieser Satz
sein Gewicht verliert
wie sehr ich überzeugt bin
daß diese Äußerung
deines Gefühls
vor allem gut ist
für dich selbst –
all das wird kaum
zu dir vordringen
durch die Wand
deines verletzten Stolzes
wenn ich dir sage
daß ich dich mag
aber nicht will.

Entlarvt?

Als ich dir sagte
wie sehr ich
deinen Körper liebe
fragtest du:
und was ist
mit meiner Seele?

Kein noch so
gelungener Satz
hätte dir
als Antwort
genügt.

Seltsam:
als ich dir sagte
wie sehr ich
deine Intelligenz liebe
war dir deine Seele
nicht so wichtig ...

Dann lieber so

Deine deutlichen Worte
haben mich meiner Flügel
beraubt.
So landete ich per Sturzflug
in deinen nackten Armen.

Abgehoben habe ich danach
wie ein Schmetterling
von einer Blüte.

Magst du dir das
zusammen mit mir
als Film vorstellen
der rückwärts läuft?

Dann lieber so!

Sei ehrlich

Es gibt so viele Gründe
mit einem Mann nicht zu schlafen
aber - sei ehrlich:
ein Grund kann doch auch sein
daß du gerade deine Tage hast.
Sag mir bitte, wenn es so ist
du hilfst mir und dir -
und gemeinsam
kommen wir vielleicht
sogar dahinter
daß dieser Grund
gar keiner ist.

›Ausgenützt‹?

Du, die du so wütend bist
über mein langes Schweigen
seit jener Nacht –
hast du vergessen
daß du frei warst?

Hast du vergessen
daß wir uns deutlich sagten
wie gut es uns geht
in unserer Zärtlichkeit
Wärme und Lust?

Hast du vergessen
wie nah wir uns waren
so nah, daß nicht einmal
für kleine Lügen
Platz zu sein schien?

Oder anders gefragt:
warum bin ich eigentlich
nicht wütend
über dein langes Schweigen
seit jener Nacht?

Kein Grund zur Panik

Irgendwann wird auch unsere
anfangs so unsterblich
scheinende Lüsternheit
verfliegen.

Doch warum sollte
unsere Liebe
Schaden nehmen
und unsere Zärtlichkeit
nicht weiterleben?

Aus der Hitze
wird Wärme werden
und wenn uns das
nicht erschreckt
wird die Kälte
keine Chance
haben.

3

ANGST-VER-LUST-GEWINN

An ein gebranntes Kind

Ich bitte dich
mach dich nicht hart
um Verletzungen zu widerstehn.
Sicher, die kleinen Brocken
werden an dir abprallen
doch die großen
könnten dich
zum Einsturz bringen.

Ich bitte dich
mach dich weich
um Verletzungen zu widerstehn.
Sicher, die kleinen Brocken
werden in dich eindringen
und die großen um so tiefer.
Doch sie werden aus dir zurückfedern
nachdem sie dich bereichert haben.

Ich bitte dich
mach dich verletzbar
und du wirst es
irgendwann
nicht mehr sein.

Keine Angst dich zu verlieren

Dir und mir
soll es gutgehen
weil ich dich liebe
nicht obwohl ...

Was ich tun kann
will ich tun
daß kein unnützer Ballast
unsere Seelen am Fliegen
hindert.

Die Angst dich zu verlieren
habe ich abgeladen
und die Liebe zu mir selbst
ist unwiderstehlicher
Aufwind.

Flieg mit
und nichts
kann uns fangen!

Sterntaler

Warum hast du Angst
dich zu verlieren?
Je wehrloser du dich
hingibst und öffnest
desto mehr wirst du
leuchten
und dir immer wieder
als dein eigener
Sterntaler
in den Schoß fallen.

Gewissens-Bisse

Egal was du tust:
laß nicht deine
Gewissensbisse
nagen
an dem, was uns
verbindet!

Vorprogrammiert

Ganz und gar
liebenswert bist du
und hast doch Angst
der Liebe nicht wert
zu sein.
Gießt auf Flammen
so lange Wasser
bis sie nicht mehr
flackern
und glaubst
dann zu wissen:
sie waren nicht
Feuer genug.

Tagesbefehl

In die Liebe einsteigen
wie in einen Starfighter
ohne Schleudersitz
und wissen
daß der
der den Himmel
wirklich erreicht
immer weich
fällt!

Tolerare, lateinisch:
ertragen, aushalten, überstehen

Glaub mir, mein Schatz
auf meine Toleranz
kannst du locker
verzichten.
Sollte sie jemals
nötig werden
ist meine Liebe
schon auf und davon!

Glaub mir, mein Schatz
mit deiner Toleranz
tätest du mir
nichts Gutes.
Ich will nicht
zu ertragen sein
nicht auszuhalten
und zu überstehen!

Spar-Appell

Wenn die Liebe da ist
brauchst du Kraft
um sie zu erhalten.

Wenn die Liebe weg ist
brauchst du Kraft
um die Leere zu füllen.

Wenn du um anderer Liebe kämpfst
wenn du dich gegen deine Liebe wehrst
kostet dich das nicht
genau diese Kraft?

Nicht schlimm!

Wenn du dich mir
gelegentlich fern fühlst
laß es lächelnd zu –
das bringt dich mir
eher wieder nahe
als wenn du darüber
erschrickst.

Manchmal gar nicht

In manchen Fällen
gehn mir die ehrlichen Worte
nicht so leicht über die Lippen
wie ich es gerne hätte.

Kannst du mir nicht helfen
mit ein paar Fragen
an deine Empfindlichkeiten?

Warum seid ihr da?
Wozu seid ihr da?
Weshalb tut ihr so
als wärt ihr
unbesiegbar?

Gerade noch

Das Eingehen auf
diese andere Frau
brachte mich
dir näher -
und wegen dir
hätte ich fast
darauf verzichtet.

Egoismus 1

Je mehr du von dir hast
desto mehr hast du von anderen.
Je mehr du von anderen hast
desto mehr hast du von dir.
Je mehr du von dir hast
desto mehr habe ich von dir –

Warum also sollte ich
eifersüchtig sein?

Egoismus 2

Wenn du etwas denkst
fühlst oder tust
von dem du glaubst
es täte mir weh
wenn ich es wüßte –
bitte hab kein
schlechtes Gewissen!

Ich will nicht
daß du dich
noch weiter entfernst
als im Augenblick
des Gedankens
des Gefühls
oder der Tat.

Warum die Angst?

Warum die Angst?
Ich werde dir nichts tun
was du nicht magst.
Das kannst du
wissen
wenn du es wissen willst
aus all dem, was du
von mir wissen müßtest.

Warum die Angst?
Du sagst, du vertraust mir.
Du sagst, meine Zuneigung
macht dir Freude.
Doch wenn ich mich
dir zuneige
geht in deinen Augen
ein Rotlicht an.

Warum die Angst?
Vor mir kannst du
sie nicht haben –
hast du sie
vor dir?

Lauter solche Sachen

Der Sonne einen Tritt geben
und den Regen mit Riesentropfen
gegen das Fenster anrennen lassen.
Draußen auf der Straße
eine rasselnde Panzerkolonne
vorbeikommandieren.
Dem Wind Sturmstärke verordnen
und Rütteln an den Fensterläden.
Dem Himmel einen Blitz entlocken
und dem Elektrizitätswerk
einen Stromausfall ...

Lauter solche Sachen
müßte ich wohl machen
um dir jenes Bedürfnis
nach Geborgenheit
zu vermitteln
das dich endlich
unter Mißachtung
deiner Moral
in meine Arme
treibt!

Vorher/Nachher

Kein Mensch kann
dich mir wegnehmen
solange du nicht
dich selbst
mir weggenommen hast.

Kein Mensch kann
mich dir wegnehmen
solange ich nicht
mich selbst
dir weggenommen habe.

Vorher ist Eifersucht
grundlos -
nachher
sinnlos.

Nicht egal

Weil ich dich liebe
wird es mich immer
berühren
aber nie
beunruhigen
wenn du
mit einem anderen
Mann schläfst.

Novembermorgen

Da steh ich am Fenster und schaue dir nach
als wär's nun soweit, daß du mich verläßt
dabei gehst du doch nur, wie auch sonst jeden Tag
zur selben Zeit denselben Weg.

Ich weiß nicht, warum ich's gerade heute so seh
als wär es ein trauriger Film
vielleicht liegt's daran, daß November ist
und ich etwas anfällig bin.

Du gehst durch den Regen und neigst deinen Kopf
vergräbst deine Hände im Mantel als ob
du dich nach einem Stück Geborgenheit sehnst
in dieser stehngebliebenen Welt.

Du wirkst so verlassen und so hoffnungslos
als wärst du auf dem Weg in den Krieg
wenn du jetzt gleich um diese Hausecke biegst
dann ist es, als wärst du verloren.

Es ist nicht die Angst, dich nicht wiederzusehn
es ist die verdammte Phantasie –
die ich so mag, weil sie mir deutlich macht
wie sehr ich dich immer noch liebe.

Keine Angst mich zu verlieren

Wenn du mir sagst
du hast keine Angst
mich zu verlieren
weiß ich
daß du mich
wirklich liebst!

Verstandesgemäß

NEIN, ich habe keine Angst
mich zu verlieren.
Nein, ich HABE keine Angst
mich zu verlieren.
Nein, ich habe keine ANGST
mich zu verlieren.
Nein, ich habe keine Angst
MICH zu verlieren –
höchstens ein bißchen
den Verstand
und das ist doch
ganz gut
oder?

Nicht jede Liebe muß ein Kunstwerk sein

mal sie wie ein Bild, das keiner sieht
sing sie drauflos wie ein Kinderlied
schreib sie wie ein Buch, das keiner liest
entscheidend ist, daß du genießt
was sich in deiner Seele tut
ganz ohne Maßstab, ohne Mut
laß dich einfach darauf ein
nicht jede Liebe muß ein Kunstwerk sein!

4

AUFEINANDER ZU – UND AUF

Im Gewühl

Du hast so schöne
Worte zu mir gesagt.
Meine Seele flog dahin -
in deine Richtung.

Deine Augen standen
zu dem, was du sagtest
und mein Herz stand
Kopf.

Dann bist du mir
aus dem Blick geraten
weil irgend etwas
wichtiger sein mußte ...

Zusammen hätten wir es geschafft
nur uns für wichtig zu halten
aber ich fühlte mich
allein gelassen -
du dich vielleicht auch?

Schönes Risiko 1

Bevor wir uns begegneten
berührten wir uns
mit warmen Briefen.
Unsere Gedanken
waren liebevoll
unsere Phantasien
keine Gemälde
sondern Miniaturen ...

Hätten wir es etwa
dabei belassen
sollen?

Schönes Risiko 2

Muß ich dich nun im Innern
um Verzeihung bitten
weil aus dem rauschenden Fest
meiner Verliebtheit
schon bei der zweiten Begegnung
blasse Sympathie wurde?

Hätte ich es
wissen müssen
wissen können
wissen dürfen?

Sollte ich mich
beim ersten Mal
zurückhalten
oder
beim zweiten Mal
ausweichen –
in weiser Voraussicht?

Dann will ich nicht
weise sein!

Unglaubwürdig?

Du sagst ganz deutlich
du magst mich.
Ich sage ganz deutlich
ich mag dich.

Woher kommt es
daß nur ich
dir glaube?

Zur Schwärmerei

Verhaltener Liebe Reiz
mag jenes Herz entzücken
das zweckentfremdet, doch erhaben
als Schutz vorm Körper schwebt.
Mein Herz indessen läßt sich
am wohligsten beglücken
wenn Lust und Leidenschaft
den Schutz des Leibs beiseite rücken
und es wehrlos dir entgegen bebt.

Notruf

Die Worte drechseln sich
aus deinem Mund.
Haben vorher angestanden
für einen Prüfstempel
vom akademischen
Überwachungsverein.
Verkleiden deine Gefühle
zu traurigen Gestalten
die sich krümmen
unter schwerer
Rüstung.

Bitte, bitte
laß sie fliegen
deine Worte
deine Gefühle -
und dich selbst
in meine offenen Arme.
Laß mich dich küssen
ich ertrinke
im Durst!

Zwiespältig

Zwischen dir gibt es
so viele Widersprüche
daß es meine Seele
in den Kampf zieht.

Mit weißer Fahne
läuft sie
zwischen deine Fronten
und hätte doch so gerne
daß die eine Seite siegt.

Warnung

Zärtlichkeit
die auf Schranken trifft
kriecht in den Kopf
und schlägt dort
Purzelbäume!

Kaltes Wasser

Vielleicht sollte ich mich
erst einmal
bei der Dame melden
die mir laufend ihre Gedichte
zur Begutachtung schickt
oder bei der Bank
wegen der verlorenen
Scheckkarte.

Vielleicht sollte ich
erst einmal versuchen
meinen Hauswirt zu erreichen
wegen der Räumungsklage
oder den Bundeskanzler
um ihm endlich
die Meinung zu sagen.

Vielleicht wäre es dann
ein Kinderspiel
dich anzurufen
und zu fragen
ob du Lust hast
mit mir heute abend
ein Bier trinken
zu gehen.

Platzangst

Warum gerate ich
manchmal in Panik
weil es
so viele Menschen gibt
die ich behalten möchte
in meinem Interesse
in meiner Zuneigung
in meiner Liebe?

Wäre diese Panik
nicht viel mehr angebracht
wenn ich
ein paar Menschen
behalten müßte?

Komm her
es ist noch so viel Platz
in meinem Interesse
in meiner Zuneigung
in meiner Liebe!

Vom ›Anmachen‹

Der Gedanke, daß hinter
deinem Wahnsinns-Lächeln
noch mehr ist
als es ohnehin zeigt:
Offenheit, Selbstgefühl
Heiterkeit, Freude an dir
der Gedanke, daß du
dieses Lächeln
nicht einfach nur so
sondern auch ein bißchen
mir verschenkst
der Gedanke ist so schön –
und kaum zu ertragen.

Wie soll ich mir
Gewißheit verschaffen
ohne zu riskieren
daß dir dieses Lächeln
vergeht?

Unbewältigte Gegenwart

Hättest du gesagt:
weißt du
ich hab mal
einen Freund gehabt –
deine Traurigkeit
wäre mir einigermaßen
verständlich gewesen.

Aber du sagtest:
weißt du
ich habe
einen Freund ...

Unentschlossen

Ist es nun gut oder schlecht
daß dein Lachen es so leicht macht
die Tapferkeit zu übersehn
die dieses Lachen möglich macht?

Rückblick

Mit diesem Wissen
in diesen Augen
diesem Lächeln
um diesen Mund
dieser Schönheit
des Körpers und der Gedanken
dieser Selbstverständlichkeit
vertraut zu sein -
mit all dem
hättest du mich
früher
zum Schwätzen
oder
zum Schweigen
gebracht.

Stehen, fallen, schweben

Du sagst, daß du
mit beiden Beinen
fest auf dem Boden
der Wirklichkeit stehst –
und fällst in die Tiefe
eines unergründlichen
Lächelns ...

So nimm doch
deine Beine in die Hand
und schwebe mit mir
mitten hinein
in die Möglichkeiten
die stärker sind
als die Wirklichkeit!

5

HÄRTEN-
WEICHEN-
ENTGLEISUNGEN

Mann-Kind

Wenn mir danach ist
hüpfe ich
zwei links, zwei rechts
durch leere Straßen.

Wenn mir danach ist
stürze ich
in eine Sofa-Ecke
und fühle mich
geborgen.

Wenn mir danach ist
singe ich
Maikäfer flieg
und habe
Tränen in den Augen.

Wenn mir danach ist
mache ich alles –
solange
mich keiner sieht.

Du zeigst so wenig Gefühl

Es ist nicht oft, nur an bestimmten Tagen
da möcht ich dich gern fragen:
sag, liebst du mich denn noch?
Doch frag ich nicht, ich könnt es nicht ertragen
ich weiß, du würdest sagen:
aber ja, das weißt du doch!

Du zeigst so wenig Gefühl
doch du bist nicht kühl
ich kenne dich gut.
Du zeigst so wenig Gefühl
dazu fehlt dir der Mut –
du bist eben ein Mann
der's nicht zeigen kann.

Ich weiß, ich kann mich gut auf dich verlassen
du bist nur so schwer zu fassen
dich regt so leicht nichts auf.
Ich weiß, du wirst mich niemals wirklich hassen
ich weiß, du bleibst gelassen
selbst wenn ich Amok lauf.

Mir geht es gut, ich hab dich lieb
da ist nichts, was mich wirklich quält
ich habe vieles, ich will nicht alles
nur etwas ist da, was mir ein bißchen fehlt:

Du zeigst so wenig Gefühl
doch du bist nicht kühl
ich kenne dich gut.
Du zeigst so wenig Gefühl
dazu fehlt dir der Mut -
du bist eben ein Mann
der's nicht zeigen kann.

Was ist uns nach so langer Zeit geblieben?
Wir wissen, daß wir uns lieben
doch fühlen wir es noch?

Flüchtige Hände

Du bist mir mit der Hand
übers Haar gefahren
ohne dich zu bremsen.
Dein Tempo war zu hoch
ließ meiner Freude keinen Platz
sich so zu äußern, wie sie wollte:
meine Hand auf deine legen
beide auf meinem Haar.

Deine Hand floh
als wäre sie erschrocken.
Meine Hand rannte
ihr hinterher
als wollte sie
deine Flucht stoppen.
Zustande kam nur
eine unbeholfene
Berührung ...

Warum sind Männerhände
oft so flüchtig?

Mißverständnis

Endlich glaubtest du
du seist frei wie ein Vogel.
Da glaubten die Männer
du seist vogelfrei.

Dilemma

Ich gebe mir Mühe
keine Scham zu fühlen.
Ich gebe mir Mühe
mich meiner Gefühle
nicht zu schämen.

Leider verletze ich
dabei ab und zu
anderer Menschen
Schamgefühl.

›VAMP‹

Wenn du mit dem Gerassel
der Weiberwaffen
die warmen Töne zuschüttest
erotisch mit der Stimme balzt
und die einsichtsreich
verseidete Knackbrust rüttelst
um Saft zu treiben
in den knorrigsten Ast –
dann muß ich mein Interesse
festhalten, daß es nicht
schreiend davonläuft.

Schließlich hat auch
dein Verhalten
seine Gründe
in der
Männlichkeit.

Warum nur?

Warum tust du mir oft so weh
sagst Dinge, die ich einfach nicht versteh?
Warum bist du oft so hart
so in die Vernunft vernarrt
verpaßt mir manches Wort wie einen Hieb?
Warum hab ich dich nur so lieb?

Warum tust du mir oft so weh
daß ich dich nur noch durch Tränen seh?
Warum sagst du mir dann nicht
deine Wahrheit ins Gesicht
sondern schleichst dich von uns weg wie ein Dieb?
Warum hab ich dich nur so lieb?

Warum tust du mir oft so weh
daß ich völlig hilflos vor dir steh?
Viele Träume sind kaputt
trotzdem blüht auf all dem Schutt
noch die Ahnung, daß du nicht so bist
wie du tust, und daß es in dir frißt –
das ist die Hoffnung, die mir blieb
darum hab ich dich so lieb!

Zwei Nägel im Reifen

Wir tauschten gute Worte
und ein paar Zärtlichkeiten
nachts – noch auf ein Glas
bei dir.

Dann fuhr ich weg, und es war
als hätte ich zwei Nägel im Reifen:
dein ›Schade, daß du gehst‹
und meine unbestimmte Lust.

Ich kam gut an bei mir
und hatte Platz
für all die Gedanken
die auf der Warteliste standen
die mich von dir entfernt hätten
nach meiner Lust.

So viel Platz auch
für liebevolle Gedanken an dich
und für den einen
der mit mir in deinen Armen
versunken wäre:

In früheren Zeiten
hätte ich keine Wahl gehabt
ich wäre bei dir geblieben
denn diese zwei Nägel im Reifen
hätten mich nie
bei mir ankommen
lassen.

Roter Knopf

Du kannst dich mir gegenüber
verhalten wie du willst –
du wirst mich vielleicht verletzen
aber zum Hassen bringst du mich nicht.
Dieses Gefühl ist mir zu gefährlich
als daß ich dir erlauben würde
am roten Knopf herumzuspielen.
Die Macht darüber
gebe ich nie
aus der Hand!

Befreit?

Du hast dich restlos
befreit von ihm?

Warum zieht dann
während du das sagst
diese Bitterkeit
in dein Gesicht?

Tretmühle

Wer oder was zwingt dich denn
dich so zu geben, wie du nicht bist?
Du verbirgst dein Erkennen
und Staunen
du mußt alles schon vorher
gewußt haben
und weißt natürlich auch
daß du nicht so bist
wie du dich gibst -
aber ...?

Vom Fliegenfangen

Eine Fliege zu fangen
ist gar nicht so schwer.
Du mußt nur folgendes
beherzigen:

Sitzt sie so richtig schön
in Reichweite, dann
schlag nicht einfach zu –
der Luftzug
der deiner Hand
vorauseilt
rettet ihr sonst
das Leben.

Wenn deine Hand sich
sachte an sie
heranschleicht und
aus kurzer Distanz
zuschlägt
kannst du sie
vielleicht
erwischen.

Manchmal ist sie müde
manchmal zu jung
dann stehn die Chancen
besonders gut.

Wenn sie fliegt
geht allerdings
gar nichts ...

Frauen fliegt!

Muß denn alles sinnlos sein?

Ich weiß, ich mach es dir nicht leicht
doch ich hab nun mal den Punkt erreicht
an dem es nicht mehr so weiter geht
wie bisher.

Ich kann nicht mehr einfach nur dasein für dich
ich brauch von meiner Liebe auch etwas für mich
ich glaub, daß es uns dann viel besser geht
als bisher.

Doch du, du verlierst dein Gleichgewicht
stellst unsere Liebe vor Gericht
und denkst an Todesstrafe.

Muß denn alles sinnlos sein
warum stürzt deine Welt gleich ein
bloß weil ich nicht mehr die Frau sein will
zu der man mich erzogen hat?
Soll alles bleiben, wie es ist
bloß weil du scheinbar glücklich bist
es gibt so vieles zu erfahren
warum verschließt du dich?

Du hast dir von mir ein Bild gemacht
und wahrscheinlich nie darüber nachgedacht
ob ich vielleicht nur für dich so bin
wie bisher.

Das Bild ist erwacht, will zu dir, doch du fliehst
damit du nicht seine Fehler siehst
versteckst dich noch weiter in dir drin
als bisher.

Ich will doch nur, daß du mich liebst
so wie ich bin, doch du vergibst
mir nicht, daß ich endlich lebe.

So bist du nicht

Die Katze, die mit dem
Schmetterling spielt
mit samtweicher Pfote
seine Flügel
auf die Erde
drückt
ihn mit sanftem Biß
nicht umbringt
bis er von alleine
stirbt –
die Katze wird nicht
traurig sein.

So bist du nicht!

So bin ich nicht

Der Kreisel, den du
mit kindlicher Anmut
und schnalzender Peitsche
zum Drehen bringst
den du so lange
in Bewegung hältst
bis du lachend
zu einem anderen
Spielzeug rennst -
der Kreisel wird
taumeln, fallen
liegenbleiben.

So bin ich nicht!

Inhalt

1 DIE NÄHE, DER RAUM ZWISCHEN DIR UND MIR

Liebes-Erklärung 9
Stille 10
So frei bist du 11
Auferstehung 11
Manchmal 12
Paradox? 13
Romantik 1 14
Romantik 2 15
Perspektive 16
Weißt du's? 16
Mensch, Mädchen, du fehlst mir 17
Schnee von gestern 18
Technisch gesehen 18
Verschärfte Romanze 19
Keimzelle 20
Vor-Liebe 21
Vom Zusammenziehen 22

2 REIN – KÖRPERLICH

Reifeprüfung? 25
Einfach so 26
Verfahren 26
Selbstbetrug 27
Aus einem Urteil des Bundesverwaltungsgerichts vom 2. März 1979 28
Zwischen acht und vier 29

Aus trübem Himmel 30
Mit mir kenn ich mich aus 31
›One-night-stand‹ 31
Halbes Verständnis 32
Noch brauchst du Mut 33
Entlarvt? 34
Dann lieber so 35
Sei ehrlich 36
›Ausgenützt‹? 37
Kein Grund zur Panik 38

3 ANGST-VER-LUST-GEWINN

An ein gebranntes Kind 41
Keine Angst dich zu verlieren 42
Sterntaler 43
Gewissens-Bisse 43
Vorprogrammiert 44
Tagesbefehl 44
Tolerare, lateinisch:
ertragen, aushalten, überstehen 45
Spar-Appell 46
Nicht schlimm! 46
Manchmal gar nicht 47
Gerade noch 47
Egoismus 1 48
Egoismus 2 49
Warum die Angst? 50
Lauter solche Sachen 51
Vorher/Nachher 52
Nicht egal 52
Novembermorgen 53

Keine Angst mich zu verlieren 54
Verstandesgemäß 54
Nicht jede Liebe muß ein Kunstwerk sein 55

4 AUFEINANDER ZU - UND AUF

Im Gewühl 59
Schönes Risiko 1 60
Schönes Risiko 2 61
Unglaubwürdig? 62
Zur Schwärmerei 62
Notruf 63
Zwiespältig 64
Warnung 64
Kaltes Wasser 65
Platzangst 66
Vom ›Anmachen‹ 67
Unbewältigte Gegenwart 68
Unentschlossen 68
Rückblick 69
Stehen, fallen, schweben 70

5 HÄRTEN-WEICHEN-ENTGLEISUNGEN

Mann-Kind 73
Du zeigst so wenig Gefühl 74
Flüchtige Hände 76
Mißverständnis 77
Dilemma 77
›VAMP‹ 78
Warum nur? 79

Zwei Nägel im Reifen 80
Roter Knopf 81
Befreit? 81
Tretmühle 82
Vom Fliegenfangen 83
Muß denn alles sinnlos sein? 84
So bist du nicht 86
So bin ich nicht 87

HEYNE BÜCHER

Jörn Pfennig

Jörn Pfennig genügen wenige Zeilen, wofür andere ganze Schriftsätze benötigen. Seine Sprache ist im doppelten Sinn gut angelegt: Sie ist sparsam – und sie trifft! Daß dabei Wortwitz, Einfühlsamkeit und Bilderreichtum nicht auf der Strecke bleiben, macht seine Gedichte so lesenswert.

Grundlos zärtlich
01/8810

Keine Angst dich zu verlieren
01/8844

Hand aufs Hirn
01/9447

Liebeslänglich
01/9747

Immer für dich nie nur für dich immer
01/10817

Jörn Pfennigs Wahndreieck
Jazz & Lyrik
Im Heyne Hörbuch als
CD oder MC lieferbar.

01/10817

HEYNE-TASCHENBÜCHER

HEYNE BÜCHER

Harold Nebenzal

Café Berlin

01/9905

Harold Nebenzals »Café Berlin« führt mitten hinein in die deutsche Hauptstadt der Dreißiger und Vierziger Jahre – in das pulsierende Berlin der Neonreklamen und Jazzrhythmen, in das verdunkelte Berlin der Nazischergen und der Verfolgten.

»Eine literarisch außerordentlich attraktive Geschichte, deren Wahrheiten sowohl die deutsche Vergangenheit als auch unsere Gegenwart betreffen.«

SÜDDEUTSCHE ZEITUNG

Heyne-Taschenbücher

HEYNE BÜCHER

Stefanie Zweig

Stefanie Zweigs autobiographische Romane wurden zu Bestsellern.

»Eine literarische Liebeserklärung – vor tragischem Hintergrund.«
HAMBURGER ABENDBLATT

»Der Background wird ausgezeichnet dargestellt ... Stefanie Zweig beobachtete sehr genau.«
SÜDDEUTSCHE ZEITUNG

Nirgendwo in Afrika
01/10261

Irgendwo in Deutschland
01/10590

Katze fürs Leben
01/10980

01/10261

HEYNE-TASCHENBÜCHER

HEYNE BÜCHER

Velma Wallis

Zwei alte Frauen

01/10504

Hoch oben im Norden Alaskas: Zwei alte Frauen werden während einer Hungersnot von ihrem Stamm in der Kälte ausgesetzt. Allein und verlassen in der eisigen Wildnis geschieht das Erstaunliche: Die beiden Frauen überleben ...

»Die indianische Legende besticht durch die archaische Kraft und außergewöhnlichen Naturschilderungen.«
MARIE CLAIRE

Heyne-Taschenbücher